# LETTRES

# A UN JEUNE ARTISTE

## PEINTRE,

PENSIONNAIRE A L'ACADÉMIE ROYALE DE FRANCE
A ROME,

PAR COCHIN.

AVEC UNE NOTICE SUR COCHIN,

PAR M. GAULT DE SAINT-GERMAIN,

ET DES NOTES

PAR M. GUYOT DE FÈRE.

# PARIS.

AU BUREAU DU JOURNAL DES BEAUX-ARTS,
RUE SAINTONGE, N° 19, AU MARAIS.

—

1836.

—

**IMPRIMERIE DE MADAME DE LACOMBE,**
RUE DU FAUBOURG POISSONNIÈRE, 1.

—

# LETTRES A UN PENSIONNAIRE

## DE L'ÉCOLE DE ROME,

PAR COCHIN.

———

Ces lettres, presqu'inédites, contiennent des préceptes très utiles, de la part d'un artiste qui, bien que né dans un siècle de mauvais goût, a, par ses dessins et ses écrits, donné de bons exemples et d'excellens préceptes. M. Gault de Saint-Germain, qui connut intimement Cochin, a bien voulu nous communiquer le manuscrit autographe des lettres que nous publions. Ces lettres ont été adressées à Pierre-Charles Jombert, qui avait remporté le prix de Rome en 1772. Nous les faisons précéder d'une notice de M. Gault de Saint-Germain sur Cochin, qu'on lira avec intérêt.

————

## NOTICE

### SUR COCHIN.

Cochin (Charles-Nicolas) est né à Paris en 1715, et mort dans la même ville en 1792. On a de son crayon spirituel un nombre considérable de portraits de personnages célèbres dans les sciences, les lettres et les arts. La collection en est précieuse pour l'histoire.

Cochin fut de l'Académie royale de peinture. Pour sa réception, il offrit un dessin au crayon rouge, représentant *Lycurgue blessé dans une sédition*. Ce précieux dessin le montra plus scrupuleux dans le style de l'histoire, et plus savant dans les usages, les costumes, l'expression des peuples de l'antiquité, que tous les académiciens de son temps.

Il est auteur d'un grand nombre de dessins pour vignettes et planches. Ils ont servi à une belle édition de *Boileau,* à l'*Abrégé chronologique de l'Histoire de France,* par le président Hénault ; à la *Géométrie* de Le Clerc ; à l'*Encyclopédie* de Diderot; au *Poème sur la peinture,* par Lemierre ; au poème de *Roland,* etc. On a de lui : 1° un *Voyage d'Italie, ou Recueil de notes sur les ouvrages de peinture, de sculpture, qu'on voit dans les principales villes d'Italie,* Paris, Jombert, 1758, 3 vol. in-12 ; 2° *Méthode pour apprendre le dessin,* etc. Cet ouvrage est orné de 100 planches représentant les différentes parties du corps humain, d'après Raphaël et d'autres grands maîtres, et de plusieurs figures académiques dessinées d'après nature ; 3° *les Proportions et les Mesures des Antiques qui se voient en Italie, et quelques études d'animaux et de paysages,* Paris, Jombert, 1755, in-fol. ; 4° *Costumes des principaux peuples, à l'usage des artistes, contenant etc.,* ouvrage fait avec D'André Bardon, et rédigé depuis dans une nouvelle édition par Cochin, Paris, Jombert, 1784, 2 vol. in-4°. Ce livre contient environ 356 planches.

Cochin a souvent travaillé avec Diderot, notamment dans l'Essai de ce dernier sur la peinture et ses observations sur le Salon de 1765, ouvrage qui eut une grande vogue. Voici, à ce sujet, une anecdote peu connue.

L'impératrice de Russie, Catherine Alexiewna, ayant manifesté le désir d'avoir une idée des artistes français, s'adressa à Diderot, qui n'avait ni la connaissance ni le sentiment des beaux-arts. Diderot s'adressa aussitôt à Cochin, un de ses compagnons de table et de plaisirs. Le sel de la gaîté caustique du philosophe, uni à la science de l'artiste, qui haïssait passablement ses confrères académiciens, produisit cette fameuse critique du Salon de 1765, production scandaleuse par les médisances et les offenses personnelles dont elle est remplie.

On attribua à Cochin seul une des autres brochures que les salons faisaient naître alors, et il ne l'a pas désavouée. Elle avait pour titre : *Réponse de M. Jérôme, râpeur de tabac, à M. Raphaël, peintre de l'Académie de Saint-Luc, entrepreneur général des enseignes de la ville, faubourgs et banlieue de Paris.* C'est une facétie peu digne de Cochin; mais il avait des qualités essentielles qui rachetaient son penchant à la satire; sa raillerie, qui ne manquait pas de finesse, n'allait jamais jusqu'à l'offense, et il apportait dans la société les égards, l'urbanité, la politesse et toutes les convenances d'un homme de bonne compagnie.

Sa fécondité, sa facilité était vraiment remarquables. Aux soirées d'hiver, dans les maisons amies où il se rendait habituellement, on avait soin de faire préparer à part une petite table, avec deux bougies et un fauteuil ; lorsqu'on distribuait les cartes d'invitation pour l'ouverture du jeu, Cochin s'asseyait à cette table, taillait son crayon, ouvrait son portefeuille de poche, et s'occupait à composer, à terminer, avec beaucoup de goût et de précision, les dessins que l'on attendait de lui, ce qui ne l'empêchait pas de prendre part activement à la conversation. C'est dans le salon de M. Watelet qu'il a fait ainsi ses précieux dessins pour le poème de Roland. Je possède deux de ces dessins dans ma collection.

Le commerce, à cette époque, exigeait des productions en harmonie avec les mœurs dégénérées. Cochin fut souvent réduit à sacrifier au mauvais goût, et cependant alors il se montrait encore surieur, en grâce et en exécution, aux artistes de son temps. Comme dessinateur de vignettes, on peut dire que le premier en France il a introduit dans ce genre un dessin régulier.

Cochin parlait purement et avec une grande facilité. Il se plaisait à donner des conseils à la jeunesse. Ses conversations artistiques étaient savantes, instructives. sentencieuses ; elles laissaient de bons souvenirs. J'étais du nombre de ceux qui aimaient à l'entendre, et ma mémoire est celle de la reconnaissance.

*Lethum non omnia finit.*

(PROP., Elég. VII.)

GAULT DE ST-GERMAIN.

# PREMIÈRE LETTRE.

Vous désirez, mon cher ami, que je vous expose mes idées sur les études qu'on doit faire à Rome, pour profiter du séjour accordé aux Pensionnaires du Roi. Je ferai volontiers mon possible pour vous satisfaire; cela m'est cependant d'autant plus difficile, que vingt-quatre années se sont écoulées depuis le séjour de huit mois que j'ai fait dans cette ville : séjour trop court pour la quantité d'objets dignes d'un examen réfléchi qu'elle renferme; c'est pourquoi je me bornerai à des réflexions générales.

Il n'est pas besoin que je vous recommande l'étude de l'antique et celle de Raphaël : le cri général de toute l'Europe vous y détermine nécessairement; c'est la source du vrai savoir, du grand et du noble dans tous nos arts. Cependant je vous parlerai avec la franchise de l'amitié, dussé-je m'attirer les reproches d'un monde d'amateurs; j'oserai vous dire qu'il faut apporter une sorte de sobriété à cette étude ; qu'il faut la faire avec la réflexion qu'inspire la raison, savoir n'y admirer que ce qui est vraiment beau et conforme à la nature vue sous les plus belles for-

mes : enfin, savoir en extraire ce qui est manière.

Je n'ai pas besoin de vous expliquer ce que
j'entends par manière ; ce n'est pas la manière
de faire, il y en a de très belles qu'il est bon d'i-
miter. Ce que je blâme sous ce nom, c'est tout
ce qui n'est point conforme à la nature, et que
certains maîtres y ont ajouté d'outré et de chargé,
soit dans les formes, soit dans les mouvemens,
soit dans les effets.

J'oserai vous dire qu'il y a quelquefois de la
manière dans les antiques mêmes. Cependant elle
conserve un avantage sur les autres ; c'est qu'elle
tend toujours au simple et au grand. Il y en a
peu dans les figures nues ; c'est pourquoi, en général, on ne peut les copier avec trop d'exactitude ; leur savoir est si profond, et leurs formes
si grandes et d'un si beau choix, qu'ils ne peuvent conduire qu'à la noblesse et à la correction.
Mais on ne peut se refuser à convenir qu'il y a
souvent de la manière dans leur façon de draper.
Cette multitude de petits plis qui ne naissent
point les uns des autres, et qui ne sont que
comme des canaux, n'est point à imiter sans
examen.

Quelques-uns, à force de vouloir suivre l'antique, commettent des erreurs grossières, qu'ils
paraissent avoir puisées dans une imitation mal
réfléchie. On les voit dans une figure de femme
employer une surabondance de petits plis dans
la partie qui est au-dessus de la ceinture, et au-

dessous on ne retrouve plus la suite de ces mêmes
plis; il semble que ce ne soit plus le même vê-
tement. D'autres croient devoir faire usage d'une
licence qu'on trouve souvent dans les bas-reliefs ;
c'est encore dans les figures de femmes. On y
voit assez fréquemment, par exemple, une cuisse
et une jambe drapée de telle manière que pour
bien faire voir le nu, l'étoffe est lisse et unie
sur la rondeur depuis le haut jusqu'en bas ; cependant cette même étoffe qui, par supposition,
peut avoir une aune de longueur, produit sur les
côtés des plis volans, qui ne naissent de rien, et
qui, s'ils étaient développés, donneraient quatre
ou cinq aunes d'étendue. Il est évident que cela
est impossible dans la nature : donc cette manière,
quoique très usitée chez les antiques, est une
déraison à éviter, quelque séduction qu'elle présente. Je me contente de cet exemple, pour vous
faire voir qu'il faut raisonner tout ce qu'on fait,
et rejeter ce qu'il y a de défectueux dans les ouvrages même les plus respectables (1).

En étudiant Raphaël, vous apercevrez une
chose qui pourra vous surprendre, et qui fait
bien l'éloge de ce grand homme. Quelque atten-

---

(1) Les danseuses d'Herculanum, dont les draperies sont si
élégantes, si variées et en même temps si simplement compo-
sées, sont cependant un beau modèle que nous a légué l'antiquité, jugée ici un peu sévèrement. Du reste, il est vrai de
dire, que les draperies grecques sont fort supérieures aux
draperies romaines.

(G. D. F.)

tion que vous apportiez à le copier avec exactitude, vous ne pourrez jamais arriver à le rendre
avec une justesse parfaite. Vous sentirez toujours
que vous n'avez pas véritablement saisi le simple
et le noble de ses contours et de ses formes, et
que vous êtes resté au dessous. Il est l'égal de la
nature à cet égard ; on n'est satisfait de ce qu'on
a copié d'après elle et d'après lui, que lorsque
l'original est absent.

Il ne faut étudier ce Maître qu'avec le crayon;
sa couleur et sa manière de peindre, n'ont rien
de fort instructif, et peuvent même être dange-
reuses. Beaucoup d'autres Maîtres ont depuis
amené des façons de peindre plus larges, plus
moelleuses, et un sentiment dans l'exécution
beaucoup plus intéressant ; conséquemment il
n'est point nécessaire de le copier avec le pinceau, ni même avec le pastel.

Je vous exhorte à dessiner avec le plus grand
soin les belles têtes des anges de l'Héliodore
battu de verges; mais je ne vois pas pourquoi
beaucoup d'élèves se sont arrêtés à dessiner la
tête d'Héliodore (1). Elle n'a rien de particulier
ni dans le choix, ni dans l'expression, qui est
forte à la vérité, mais qui n'est point une ex-

---

(1) Les trois têtes de femmes dont les bras s'élancent en avant,
dans le tableau d'Héliodore, sont d'un ensemble admirable :
chacune est grande et belle, mais leur association produit un
effet magique, inattendu, et pour ainsi dire dramatique.

( DE MONTABERT. )

pression difficile. L'École d'Athènes, la Dispute du Saint Sacrement et quantité d'autres morceaux, vous présenteront un grand nombre de belles têtes ; il faut toujours préférer celles qui ont de la noblesse et de la grâce, à celles qui n'offrent que des expressions violentes et souvent forcées. Je ne sais pas pourquoi beaucoup de personnes se sont attachées à une certaine tête de femme, vue de demi-profil, qui porte un vase. Elle est, je crois, dans l'incendie *del Borgo*. Cette tête est belle, d'un grand caractère, mais on n'en peut pas retirer beaucoup d'instruction ; ces sortes de profils à grands traits sont plutôt des caractères de beaux jeunes hommes, que de belles femmes.

Il y a de belles têtes dans la Bataille de Constantin. Mais à quoi sert ( comme font plusieurs ) de dessiner des études des têtes de chevaux de ce tableau ? N'est-il pas visible qu'elles sont maniérées et qu'elles ne ressemblent pas véritablement à cet animal ? On apprendrait beaucoup davantage en employant ce même temps à dessiner une tête de cheval d'après nature.

D'autres étudians se sont occupés, pendant des intervalles de temps considérables, à dessiner grand comme le tableau, d'après Raphaël, des groupes entiers avec les draperies. Cette étude est sans doute bonne à quelques égards, et il y a chez Raphaël certaines parties de draperies bien rendues, qui sont excellentes à imiter ; mais il faut bien choisir et n'y pas sacrifier trop de son

temps. De si grands dessins en consomment
beaucoup, dont la plus grande partie se passe à
ne faire que manier le crayon ; lorsqu'on consi-
dère le peu de temps qu'un peintre a à rester à
Rome, en comparaison de la somme effrayante
d'études qu'il a à y faire, je crois qu'on doit lui
conseiller d'en être très économe, et de se four-
nir d'abord du plus nécessaire.

D'ailleurs, qu'il me soit permis de le dire, ni
les mains, ni les pieds, ni même les membres dessinés par Raphaël, le plus souvent ne sont pas
sans manière, sont chargés et présentent peu de
vérités de nature : ce n'est donc pas ce qu'il faut
étudier avec le plus de soin ; mais ce qu'il ne faut
pas négliger, c'est de prendre des croquis saisis
avec esprit, de la souplesse et de la grâce de ses
figures, aussi bien que de ses draperies (1). On
peut s'en rapporter aux estampes gravées d'après
ce maître sur la composition générale de ses tableaux ; mais il en faut dessiner soi-même rapi-
dement l'ensemble, l'esprit et le beau jet des plis,
afin que ces choses restent pour jamais dans la
mémoire, et nous servent d'inspiration. Il faudrait même étudier par des dessins finis, mais
d'une grandeur médiocre, quelques-unes de ses
figures drapées, telle que certain vieillard qui
est au bas du tableau de la Transfiguration.

---

(1) Pourquoi pas aussi de leur expression, partie de l'art
que Raphaël a rendue avec tant de génie ?

( G. D. F. )

Ce maître exécutait ses draperies et formait ses plis d'une manière rendue, qui est admirable et excellente à imiter. Je recommande seulement d'apporter de la précaution et du choix dans cette étude, et n'y pas consommer trop de temps.

Je ne vous parle point de Michel-Ange *Buona-rotti*, comme peintre, ni comme l'objet d'une étude fort utile aux peintres; ce n'est pas qu'il ne soit très savant et qu'on n'en puisse tirer parti par un grand de manière, et pour ces figures fictives d'Hercule ou de géans, qu'on est quelquefois dans le cas de représenter, mais cette manière est si outrée et chargée avec tant d'excès, que ceux qui l'étudieraient trop, courraient le risque de tomber dans un goût tout-à-fait barbare. On en voit des exemples, moins cependant chez les Français, qui inclinent volontiers vers les grâces, que chez les Anglais et les Allemands, dont en général le goût tend à l'âpreté.

Raphaël est sans doute l'aliment le plus solide à présenter aux élèves; mais, comme je vous l'ai dit, je crois qu'il ne faut pas en faire son unique nourriture. Je pourrais citer plusieurs peintres qui, pour n'avoir étudié que lui, se sont fait des manières chargées, sans grâce, et qui ont quelque chose de barbare. La preuve qu'on peut courir ce danger par une étude uniquement bornée à ce maître, c'est la manière qu'on voit régner chez presque tous ses élèves; malgré le secours de ses conseils et de ses exemples, la plupart sont tombés dans la bizarrerie; leurs contours ont du

2

grand, mais ce sont des membres tortueux, de gros muscles, qui, à la vérité, sont bien à leur place et dans leur action, mais outrés et sans les adoucissemens que la peau y apporte, de gros mollets aux jambes, et des chevilles de pieds excessivement resserrées (1). Tout cela est de la manière; elle est belle si l'on veut, et fondée sur des principes généraux qu'on ne doit pas perdre de vue; mais il n'est pas moins vrai que c'est passer le but, qui est toujours de se rapprocher de la vérité et de la nature, et d'y chercher seulement les beautés dont elle est susceptible.

Le Dominiquin présente moins de danger et n'offre guère moins de beautés, quoique également austère; c'est un dessinateur savant, sévère et rarement chargé, ou du moins avec plus de retenue; il faut donc dessiner beaucoup d'après lui, et y chercher surtout les têtes qui joignent la beauté avec les grâces : telles sont celles de la sainte Cécile à Saint-Louis des Français, et quelques autres. Lorsque vous passerez à Bologne, s'il vous est possible, dessinez les têtes du tableau de sainte Agnès, et presque toutes celles d'un autre tableau, dans cette même ville, dont le sujet est, je crois, la dévotion au Saint-Suaire. C'est un fonds d'études essentiel pour toute la vie. Ce

---

(1) Ne semble-t-il pas que ceci est écrit depuis l'exposition du *Saint Symphorien*, qui a mis en évidence l'erreur de ceux qui se font les copistes exclusifs de Raphaël.

(G. D. F.)

tableau est confus et fait peu d'effet, mais il est rempli de beautés, de détails inestimables. On voit aussi à Naples, de belles choses de ce maître, malheureusement elles sont exécutées d'une manière sèche, qui est tout-à-fait à éviter; c'est pourquoi je dis encore, comme à Raphaël, qu'en général il ne faut copier ce maître qu'avec le crayon, et rarement avec le pinceau.

Sans sortir de Rome, il présente les plus grands exemples. L'admirable tableau de *san Grégorio* offre une source de beautés et d'études. Celui qui est aux Chartreux n'est pas moins utile à consulter. Ses tableaux à *Saint-André della Valle*, et beaucoup d'autres morceaux, méritent toute l'attention d'un artiste studieux. Son tableau de la Communion de saint Jérôme, estimé un des chefs-d'œuvre de l'Italie, présente en effet un moelleux de pinceau qui est rare chez lui. Observez-y encore une chose qui m'a paru digne d'attention; c'est que les têtes y sont achevées presque comme des portraits, et cependant d'une manière grande; ce qui prouve que la grandeur et la largeur de la manière n'excluent pas le fini : au contraire même, tous les ouvrages vraiment beaux, et généralement estimés, sont très rendus. Ce n'est pas qu'il n'y ait des maîtres excellens dont le faire semble être moins recherché, et où il paraît moins d'assujétissement et de soins visibles; mais ils ne sont pas moins faits; seulement l'art y cache la peine; ce sont des laissés savans qui n'empêchent point que les objets n'aient toute la rondeur et toute la variété de demi-teintes dont ils sont susceptibles. Ce qui produit un ouvrage fait, n'est pas ce fondu de pinceau froid, et qui est la ressource des peintres médiocres, c'est que tout ce qui y doit être y soit. Aussi n'est-ce pas en employant seulement deux ou trois tons généraux, suffisans peut-être pour un effet de distance, mais qui ne soutiennent point l'examen des yeux éclairés, qu'on parvient à faire des ouvrages dignes d'être admirés de la postérité.

De tous les grands maîtres, celui qu'on paraît étudier le moins, est celui que, selon moi, on devrait étudier le plus. Je parle du Guide, le peintre de la beauté et des grâces, celui qui a le plus réuni de parties de l'art infini de la peinture.

Tous nos jeunes poètes veulent être des Corneille, aucun ne veut être un Racine : cependant, il n'en résulte chez plusieurs qu'une boursoufflure de style et de faux sublime. De même nos peintres semblent, pour la plupart, vouloir être des Raphaël, des Dominiquin, des Carrache, nul ne se propose d'être un Guide. De là, par une imitation manquée, des formes chargées, un prétendu grand qui ne tient plus à la nature, nulle grâce, nulle beauté naïve.

Si l'on examine le Guide sans prévention, on trouvera cet aimable peintre, grand, excellent, et partout rempli de grâces. Il est sans doute essentiel d'étudier plusieurs des beaux caractères des

Raphaël et des Dominiquin, j'en demeure d'accord; j'observerai seulement qu'il y en a beaucoup
qui n'offrent pour tout agrément qu'un certain
grand, qu'à la vérité il est bon de s'imprimer dans
la mémoire, pour éviter de tomber dans une manière mesquine et tendant plus au joli qu'au beau,
vers laquelle les Français n'inclinent que trop.
Mais on ne peut disconvenir en même temps
que souvent dans ces caractères savans, si ce sont
des femmes, elles manquent des grâces propres
à leur sexe, ont quelque chose d'hommasse, et
sont telles enfin que personne n'en désirerait une
pareille. Chez le Guide, au contraire, tout devient susceptible de grâces. Toutes les têtes,
vieillards, hommes faits, adolescens, enfans,
femmes âgées, jeunes femmes, jeunes filles,
toutes enfin sont de la plus grande beauté, selon
le caractère qu'il a été question de représenter ;
toutes présentent une nature possible et vraie,
mais embellie du beau et du plus agréable choix.

Un peintre ne doit-il pas chercher à plaire à
tous ? Ne doit-il pas même particulièrement penser à ce qui plaît dans le pays où il compte s'éta-
blir, surtout lorsque ce pays a de la célébrité
par son goût délicat en toutes choses ? Ce qui
est le plus rare chez nos peintres, et le plus dé-
siré en France, c'est la beauté des têtes de femmes
et la grâce en toutes choses. Où en trouvera-
t-on de plus parfaits modèles que chez le Guide ?
S'il est vrai que la beauté soit plus rare dans notre pays que dans la Grèce et dans l'Italie, cher-

chons à nous imprimer dans l'esprit la beauté et les grâces des nations qui sont plus favorisées de la nature à cet égard. Nous voyons cependant souvent chez nous de jeunes personnes assez proches de la beauté, pour représenter les plus belles têtes, en y rectifiant quelques légères irrégularités. Quel autre maître que le Guide peut nous apprendre à conserver ce caractère particulier, cette vérité, et les grâces de la nature, en les rapprochant des formes régulières du beau? On trouve dans ses ouvrages des têtes de jeunes filles charmantes, variées, et non pas jetées exactement dans le moule convenu de la beauté: on reconnaît partout la nature, ce sont presque des portraits, et néanmoins l'on est forcé de convenir qu'on ne voit presque jamais de personnes aussi belles qu'il les a faites.

Je ne balance donc pas à avancer que s'il faut copier quelques têtes des autres maîtres, il faut copier, sans exception, toutes celles du Guide: et non seulement ses têtes, mais toutes *les parties de* ses figures, mains, genoux, pieds, etc. Qui jamais a fait de plus beaux pieds, soit de jeunes filles, soit de jeunes hommes, soit de vieillards? Qui a mieux drapé et mieux exécuté les plis délicats des draperies? Enfin, je suis convaincu que ce maître, étudié avec sentiment, suffit pour former un grand peintre.

Oserai-je aller plus loin encore, et avancer un sentiment qui passera pour une hérésie intolérable? Nous vantons, avec raison, le saint Michel de

Raphaël, la tête en est admirable. Mais en quoi le saint Michel du Guide lui cède-t-il ? La tête n'est-elle pas de la plus grande beauté ? Non seulement elle est au-dessus de l'homme, mais c'est le plus beau des anges. Quant au reste de la figure, celle du Guide n'est-elle pas supérieure, soit par l'élégance développée de l'attitude, soit par la proportion imposante ? Enfin, les jambes d'un caractère commun et musclé de celui de Raphaël approchent-elles de l'élégance, du coulant et des grâces de celles de l'ange du Guide ? Si l'on ne veut pas permettre que le Guide soit comparé à Raphaël, même quand il le surpasse, qu'on nous accorde du moins que ce maître enseigne aussi bien et plus agréablement.

Il ne faut pas se contenter de le copier au crayon ; il est extrêmement utile de l'imiter avec le pinceau. Sa couleur et son faire sont d'une beauté et d'une fraîcheur qui ne peuvent que conduire à bien. Les amateurs enthousiastes de l'école flamande le croient gris. Mais quelle beauté, quelle fraîcheur dans ce prétendu gris ! Qui mieux que lui a traité les ombres tendres de la chair ? Et combien de tons vermeils adroitement placés relèvent ce ton doux, tendre, et si l'on veut grisâtre ?

Le coup-d'œil général de la nature n'est-il pas le plus souvent cet argentin ? et dira-t-on que Teniers est gris ? Les plus grands coloristes, le Titien, le Corrège et Rubens même, en Italie et en Flandre, aussi bien que Wandick, n'ont-ils pas multiplié ces ombres argentines ? Si nous

voyons dans la galerie du Luxembourg quelques
figures tirant sur le rouge et le roussâtre, ob-
servons que ce n'est que dans les figures fictives
de tritons, de furies, etc. Dans les figures de
jeunes femmes et de jeunes hommes, il a employé ces tons argentins, grisâtres sans être ter-
reux, qui sont le vrai ton de la chair.

Je conclus que l'imitation du Guide avec choix,
ne peut jamais être nuisible. Il faut pourtant distinguer dans ce maître divers temps. Ses premiers
ouvrages ont des ombres très fortes, à-peu-
près comme le *Guercino* ; ensuite a succédé cette
manière claire, agréable, remplie de grâce et
de fraîcheur : enfin, dans ses derniers temps, il
a dégénéré du côté de la couleur, et est tombé
dans des tons verdâtres, qu'il faut bien se garder d'imiter. Alors il ne faut le copier qu'avec le
crayon ; car il a toujours parfaitement dessiné.
Sachez encore distinguer les copies du Sementi,
et d'autres qu'on donne pour des Guide ; vous les
reconnaîtrez à ce que les tons gris y sont outrés,
et le faire en est moins facile et moins spirituel.

La Fontaine, dans une de ses fables, raconte
que Jupiter ayant un fils, chaque divinité vou-
lut se charger de le former dans la vertu qui lui
était propre ; Minerve voulait lui enseigner la
prudence, Hercule le courage, etc. l'Amour dit
qu'il lui apprendrait tout. En effet, ajoute La
Fontaine, *De quoi ne vient à bout l'esprit joint au
désir de plaire ?* J'en dis de même du Guide. Que
n'enseignera point celui qui joint au savoir la
grâce dans tous les genres ?

# SECONDE LETTRE.

J'ai remis, mon cher ami, à cette lettre, à m'entretenir avec vous d'un excellent maître, élève
aussi de la fameuse école des Carrache, c'est le
*Guercino.* Vous admirerez le caractère et la fierté
des idées et du faire de ce grand peintre, aussi
bien que la hardiesse et la vigueur de son coloris. Il semble avoir quelquefois réuni les qualités qui distinguent deux des plus grands peintres
de notre école française, la couleur de *La Fosse*
et le caractère de dessin de *Jouvenet.* Il y a
beaucoup de choses à étudier chez lui, moins en
le copiant qu'en réfléchissant sur ses productions.
Il est propre à échauffer le génie et à inspirer.
On lui trouve, outre ce beau faire, de beaux caractères de têtes pris dans la nature, rendus
grandement, qui lui sont particuliers, et qu'il
est bon de remporter dans son porte-feuille : car
je vous exhorte fort à copier, ne fût-ce qu'en
croquis, tout ce qui vous frappera en beauté et
en grâce. Ce sont des études qu'il est essentiel de
conserver toujours. Nous passons le reste de notre
vie éloignés de ces grands maîtres. Il faut nous
réserver des moyens de nous rappeler leurs rares

talens; et il est certain que nous nous souvenons mieux par les dessins que nous avons faits nous-mêmes, que par ceux d'autrui.

Je ne remarquerai qu'en passant, comme chose de peu de conséquence, ses têtes de Christ, qui ont de la beauté, mais sont toujours déparées par une coiffure ignoble de cheveux crêpés ; on ne conçoit pas pourquoi il a eu cette fantaisie : car on lui voit de la noblesse presque partout ailleurs. Au reste, quoiqu'il ait aussi eu plusieurs temps, et que ses derniers ouvrages soient moins beaux, on lui voit cependant toujours une belle vigueur de coloris.

Je joindrai ici quelques réflexions que j'ai déjà faites ailleurs, mais qui peuvent vous avoir échappé. Ce maître faisait ses ombres très brunes (excepté dans ses derniers temps qui ne sont pas les meilleurs), et même en faisant abstraction de ce que le temps peut y avoir ajouté d'obscurcissement, il semble qu'on puisse lui reprocher qu'elles sont quelquefois trop noires ; mais lorsqu'il est dans le degré modéré, il en résulte un grand effet par la suppression de quantité de petits reflets qui embarrassent les masses d'ombres, et leur ôtent cette sourdité qui les distingue sensiblement des lumières ; d'où s'ensuit un effet décidé d'une distance convenable.

Il a été un temps où l'on ne faisait pas assez attention au jeu des lumières de reflet ; mais peut-être depuis les a-t-on trop observées, ce qui peut produire des tableaux faibles. C'est même un des défauts à la mode ; et nous apercevons souvent, chez les jeunes gens surtout, des reflets aussi brillans et aussi beaux de couleurs que les demi-teintes ; c'est une manière qu'ils prennent les uns des autres, et qu'ils appellent beauté de coloris. Mais cela ne se trouve point dans la nature, et particulièrement lorsqu'elle est vue de la distance qu'on suppose toujours à son tableau. Toute lumière renvoyée par un objet, a perdu la plus grande partie de son éclat ; ainsi elle ne peut produire de tons ni aussi beaux, ni aussi lumineux, que la lumière directe.

Pour bien observer la magie des tons d'ombres du *Guercino*, il la faut moins considérer dans ses tableaux à l'huile, que le temps a noircis, et où elles sont devenues trop brunes, que dans les fresques qu'il a peintes. C'est là qu'elles se trouvent au degré le plus piquant et le plus heureux. On voit à *la Villa Ludovisi*, un plafond de l'Aurore peint par lui, qui est le plus fier morceau qu'aucun peintre ait jamais fait dans ce genre de peinture. Il y a aussi un sujet de l'Aurore (*plafond*), par le Guide ; mais quoique admirable par d'autres détails fins et précieux, il est beaucoup plus faible d'effet et de coloris : d'où je conclurai que les ombres du Guerchin, dans leur fraîcheur, devaient être très belles et magiques. Il faut donc les observer avec attention dans les tableaux de son bon temps, qui ne sont point trop gâtés.

Je ne quitterai point le *Guercino*, sans vous

entretenir d'une beauté qu'on trouve dans
ce maître et dans quelques autres. C'est le
moelleux du pinceau, et une certaine incertitude
dans le tracé des contours, lorsqu'on les regarde
de près, qui, de distance, n'empêche point la dé-
cision des formes. Il faut que vous observiez avec
attention cette magie; les Italiens appellent cette
façon moelleuse de peindre *sfumato*, ce qu'on
traduirait mal par le mot *enfumé*, comme font
quelques personnes. Il paraît même que plusieurs
peintres italiens modernes l'ont pris dans ce sens
par l'excès auquel ils ont porté cette manière.
Dans l'idée de peindre *sfumato*, ils ont fait des
tableaux qu'il semble qu'on voit au travers d'un
brouillard. Cette mauvaise imitation cependant
trouve des admirateurs ; car il n'y a point d'ab-
surdité échappée à un artiste, qui ne trouve aussitôt quelque demi-connaisseur qui la célèbre.

Chez le Guercino ce n'est point cela, ses masses
et ses formes sont décidées, et le *sfumato*, si on
peut l'appeler ainsi, ne se trouve que dans le
large du pinceau et de la manière. Jamais le
contour du côté de la lumière n'est sèchement
nettoyé; les reflets du côté de l'ombre ne sont
point sur le bord du contour, et la touche ou
ombre vigoureuse qui y est opposée et les fait
sortir en reflet, ne touche point au contour : elle
en est à quelque distance dans la masse de l'ombre forte qui est à côté. Ces détails pourront
sembler minutieux; mais tout est à considérer
chez les grands hommes, et surtout lorsqu'il est

question de se former une manière de peindre
qui puisse mériter des éloges. Il sera bon encore
de remarquer comment ce grand peintre a
rompu ses ombres; on voit sa magie plus distinc-
tement dans son plafond de l'Aurore, dont je vous
ai parlé. D'ailleurs, nous raisonnerons encore sur
cet objet à l'occasion de quelques autres grands
maîtres.

Je viens à un maître charmant, qu'on a vai-
nement tâché de décrier, le fameux *Piètre de Cortone.* Il en est de lui comme de ces femmes dont
on connaît tous les défauts et qu'on ne peut
s'empêcher d'aimer. Nos amateurs rigoristes, tels
que feu M. le comte de Caylus, nous ont assuré
que ce maître et son école avaient perdu la peinture; mais cela n'est pas aussi exactement vrai
qu'ils l'ont voulu croire. Il en est de ce sentiment
comme de celui des personnes qui prétendent
que les rares talens de M. *Boucher* ont perdu
l'école française. Cela est si peu vrai, qu'il n'y a
aucun de nos bons peintres actuels qui tienne
en rien de ce que M. Boucher pouvait avoir de
manière dans son dessin et dans sa couleur. Il
n'est donc pas vrai que son exemple ait influé;
il n'en est resté, en lui rendant la justice qui lui
est due, que le désir de traiter la nature avec
autant de grâce, mais sans sa manière, et ce désir
est essentiel à conserver. Son dessin et surtout
sa couleur avaient souvent de la manière, quelque chose de fardé et qui tenait trop de l'évan-
tail; mais cela n'empêchait pas qu'il ne fût vrai-

ment coloriste, et qu'il ne sût souvent employer des tons frais, vrais, aimables et variés, plus même encore que le fameux *Carle Venloo*, dont avec raison on admirait la fierté du coloris : M. Boucher était plus fin et plus précieux coloriste. Ce que je dis ici paraîtrait singulier à bien des gens, mais je me souviens que je parle à un peintre qui doit m'entendre et y avoir regardé avec plus d'attention que le commun.

Je reviens à *Pietre de Cortone*, génie abondant, peintre facile, large et rempli de grâce. Ce coloriste aimable semble avoir amené une manière plus facile dans la peinture; mais on prétend que cette facilité et ses grâces sont ennemies d'une étude sévère. Sans doute, un élève qui n'aurait étudié que ce maître pourrait n'en prendre que la manière, et en imiter jusqu'aux incorrections. Mais celui qui est déjà instruit, qui a long-temps étudié la nature sévèrement et avec exactitude, n'aperçoit-il pas bien les licences de ce maître charmant? Il doit savoir n'en imiter que le pinceau agréable, cette couleur et cette harmonie enchanteresses, ce faire moelleux et facile.

Hé quoi! la peinture n'est-elle donc pas faite pour plaire? Et doit-elle avoir pour but de nous effrayer, ainsi que font ces caractères de têtes austères et même barbares, et ces manières chargées et outrées, qu'enseignaient les premiers peintres de l'école italienne? N'était-il pas temps qu'un peintre aimable vînt adoucir ce que cet art avait de trop farouche ? Moins beau, moins pur que le Guide, Pièrre de Cortone semble avoir sur lui l'avantage qu'ont souvent des personnes qui ne sont que jolies, sur d'autres plus régulièrement belles, mais moins attrayantes.

Personne n'a agencé une composition avec plus de génie, de grâce et de souplesse. Ses draperies volantes sont un peu licencieuses ; il est si peu de cas où les actions des figures puissent être assez animées pour que les draperies acquièrent de ces mouvemens momentanés, qu'il faut éviter sa manière de draper et s'en tenir en général, pour le fond, à la manière des antiques rendue plus naturelle par Raphaël, par les Carrache et par le Guide. Mais il faut bien s'imprimer dans la mémoire les grâces de la couleur et du faire de *Pièrre de Cortone*. Ces belles ombres argentines de la chair, et ce sentiment de volupté qui règne dans tous ses ouvrages. Ses têtes de femmes ne sont pas la vraie beauté, comme celles du Guide, mais elles sont charmantes : ce sont des physionomies un peu irrégulières, qui néanmoins font naître le désir. On peut lui reprocher, à la différence du Guide, qu'elles se ressemblent trop, que c'est presque toujours la même forme de visage, dont les traits s'étendent en quelque manière sur la largeur : néanmoins je vous conseille de remporter dans votre portefeuille plusieurs têtes d'après ce maître ; c'est une des sortes de natures variées qui plaisent et qui peuvent orner un tableau.

*Solimeni*, dans ses commencemens, sut très bien tirer avantage de l'imitation de *Pièrre de Cortone*. La sacristie de Saint-Paul à Naples, qu'on peut regarder comme le chef-d'œuvre de *Solimeni*, se ressent partout de l'étude qu'il avait faite des plus agréables maîtres de l'Italie ; les figures en sont plus correctement dessinées que chez *Pièrre de Cortone*. Les draperies sont mieux exécutées, et de plis où l'on retrouve mieux le naturel ; la couleur a plus de vivacité : néanmoins on reconnaît partout l'étude de *Pièrre de Cortone*. Les tableaux de cette sacristie sont d'autant plus beaux, que *Solimeni* n'était pas encore tombé dans cette manière défectueuse de tons bleuâtres, qui depuis a déparé quantité de ses ouvrages, remplis de mérite à d'autres égards, mais dont on ne peut supporter l'effet faux.

Il est encore d'autres maîtres chez qui l'on peut prendre des leçons utiles. Vous verrez de belles choses de Michel-Ange, de Caravage, mais avec des ombres dures et noires. Il y a cependant un goût de composition pittoresque et singulier, un vrai de nature piquant, un faire large et facile, des détails rendus avec sûreté, d'une manière grande mais seulement trop dure. Si les tableaux qui sont à *San Pietro in montorio* étaient de lui, comme beaucoup le croient à Rome, il faudrait les excepter ; on n'a point à leur reprocher cette dureté ; au contraire, ils sont de la plus belle couleur et du plus beau faire : on y blâmerait seulement l'incorrection du dessin et un choix de nature ignoble. Mais des gens instruits attribuent ces tableaux à *Francesco Stallaert*, peintre flamand. En effet, ils sont moins bien dessinés que le Caravage, mais mieux peints et de meilleure couleur. Au reste, le peintre doit imiter l'abeille, qui compose son miel de toutes les fleurs, même des fleurs sauvages.

Vous aimerez dans le Valentin une vigueur de couleur, une saillie et un arrondissement dans les objets, causés par des demi-teintes très colorées, des vérités de détails fièrement rendues; mais vous y verrez presque partout la nature la plus ignoble, et souvent dans les sujets qui demandaient le plus de noblesse.

Le Poussin vous offrira à Saint-Pierre et dans quelques cabinets, des beautés, sages, correctes, et une belle noblesse de composition. Il faut sans doute l'admirer; mais il ne serait pas l'objet convenable d'une étude trop suivie pour quelqu'un qui inclinerait vers la froideur. Je vous ferai, dans la suite, quelques observations sur les différens genres de composition que vous apercevrez dans les maîtres d'Italie.

Ne négligeons pas un maître dont on voit peu de tableaux à Rome, mais où l'on peut trouver une instruction très utile; je veux parler d'*Andrea Sachi*. Ce maître, frais et agréable de couleur et de manière, a supérieurement entendu l'art de rompre et d'accorder ses ombres pour faire un tableau harmonieux. C'est un charme bien intéressant dans un tableau que l'harmonie. Les grands coloristes, le Titien, P. Veronese, Rubens,

etc., ont tous cette partie triomphante. Dans quelques-uns cette magie est plus difficile à apercevoir. Examinez avec réflexion les tableaux d'*Andrea Sachi*, et de *Luca Giordano*; ce sont ceux
qui la décèlent le plus clairement.

Vous y verrez un ton général d'ombre en quelque sorte le même, mais plus ou moins visible,
selon le degré de force de ces ombres. Vous y
verrez que le ton qui fait les ombres fortes d'une
draperie blanche, est le même que celui qui
fait les ombres fortes d'une draperie bleue, d'une
draperie rouge, etc. Je ne parle pas de la partie
ombrée qui reçoit des reflets; dès qu'il peut y
arriver des lumières, quoiqu'elles ne soient que
de reflet; ces ombres reflectées reprennent en
partie leur couleur propre; mais les enfoncemens
entièrement privés sont les mêmes, quelles que
soient les couleurs des objets.

Cette magie, clairement expliquée par ces
maîtres, vous mettra à portée de la reconnaître,
quoique moins sensible dans tous les tableaux
des autres, dont l'accord vous paraîtra agréable
et harmonieux. De là vous apercevrez que ce
principe a été connu de presque tous les peintres
qu'on peut appeler peintres; car je ne parle pas
de ceux qui ne sont que dessinateurs.

Cet examen vous conduira à remarquer combien
d'autres peintres ne se sont pas seulement doutés
de cet effet de la nature, qui, bien connu, ajoute
tant à l'art. Surtout dans la plupart des fresques
dont l'Italie est remplie, vous verrez souvent une
draperie bleue ou rouge ombrée tout bonnement

avec le même bleu ou le même rouge, où seulement il est entré moins de blanc, mais sans aucune rupture ni mélange d'autre couleur qui pussent salir et rompre ce bleu ou ce rouge ; ils n'ont point connu cette espèce de secret de la peinture ; mais ce système d'harmonie a été habilement employé par tous ceux qui se sont rendus célèbres et qu'on vante comme coloristes, et particulièrement par les Vénitiens.

En observant ce principe essentiel, vous verrez en même temps les erreurs dans lesquelles quelques-uns sont tombés, faute d'avoir bien choisi le véritable ton qui doit rompre toutes les ombres. Vous verrez *P. Veronese* leur donner quelquefois un ton trop violâtre ; *Solimeni* un ton trop bleuâtre, *Baccicio* un ton trop jaune, etc., etc. Ce sont ces excès qu'il est nécessaire d'éviter. Il faut, pour ainsi dire, que ce ton général qui sert à donner l'unisson et à faire chanter tout d'accord, soit tellement rompu qu'on ne puisse proprement y donner le nom d'aucune couleur. Souvenez-vous à cet égard des sages conseils que vous avez reçus d'un de nos plus excellens artistes, et celui de tous qui entend le mieux la magie de l'accord.

Je viens de parler du *Baccicio*. Ce maître a dans l'église du Jésus, et dans celle qui est à la place *Navona*, des morceaux qui séduisent, surtout les jeunes gens, par la chaleur du génie dans la composition et la facilité du faire. Mais si sa manière est assez grande et son faire assez large, d'autre part sa couleur est pernicieuse ; il y règne partout un jaune dominant, qui est d'ac-

cord , parce qu'il est monotone, mais qui est
faux et excessivement maniéré.

Un autre peintre charmant et infiniment sé-
ducteur, mais dont l'imitation expose à des dan-
gers, c'est le *Barocci*. Son coloris est agréable
et facile à imiter, mais il est fardé. Ce sont des
bleuâtres, des violâtres, des aurores , tous tons
de la plus grande fraîcheur, mais fort au-delà de
ce que la nature présente à cet égard. Ils tiennent en quelque manière de ce que la peinture
en émail a ordinairement de défectueux. C'est
même une des modes modernes de l'Italie, qu'il
est essentiel d'éviter, que ces tons faussement
fleuris : nous avons pour but d'imiter la belle
nature, mais non pas de la rendre plus belle que
Dieu n'a voulu la faire. C'est également manquer
le but que de passer au-delà. *Pompeio Battoni* a
un peu trop de ce défaut, et plus encore peut-
être le fameux M. *Mengo*, dont le mérite rare est
digne de la plus haute estime, mais dont la manière est contagieuse. Il faut voir ces artistes
avec le respect qui leur est dû; mais en même
temps on doit savoir se garder de ce que leur
manière peut avoir de dangereux.

Surtout un peintre en s'attachant à se perfec-
tionner dans le dessin , qui est l'étude qui se
fait le plus naturellement à Rome, ne doit jamais
perdre de vue les coloristes vénitiens. Nous ne
sommes plus dans ces siècles où il était permis à
un peintre de n'être que grand dessinateur, ou
grand coloriste. La persécution qu'exerce maintenant la critique acharnée sur tous les hommes

qui se distinguent, force l'artiste à étudier toutes
les parties de l'art à-la-fois. C'est peut-être une
des causes principales de l'espèce d'affaiblisse-
ment qu'on reproche aux artistes modernes de
l'Europe. Il est certain que quelque estime mé-
ritée que nous ayons pour nos plus grands artistes, nous n'osons les comparer avec les anciens
maîtres ; on est obligé de leur céder en quelque
partie.

Je puis me tromper; mais je pense que cela
vient de ce qu'on n'ose plus s'abandonner à son
génie naturel. Loin de cela, nous nous trouvons
forcés de redresser la pente naturelle qu'un
élève a vers une manière de sentir ou de voir la
nature, lorsque nous entrevoyons que cette façon
d'étudier pourra l'empêcher de posséder quelques-unes des parties de l'art, que maintenant
on exige toutes à-la-fois dans le même homme.
Nous nous efforçons d'arrêter celui que son génie
brûlant mène à un enthousiasme déréglé, et d'é-
chauffer celui dont le génie froid marche à pas
lents vers la correction. Il est cependant bien
difficile, pour ne pas dire impossible, qu'un
homme sache tant de choses, et les sache dans
un degré éminent. De là la médiocrité qui réu-
nit tout, mais faiblement. Que faire cependant?
Cela ne dépend pas de nous. Il faut plaire à son
siècle ; et ce siècle malheureusement éclairé ( ou
qui croit l'être ) fournit abondamment de critiques, qui, comme l'a dit M. *Néricault Destouches*,
rétrécissent les talens des auteurs.

Il doit vous être venu à Rome une pensée dont

j'ai souvent été occupé pendant le séjour que j'y ai
fait; c'est que la peinture dont on nous fait à Paris
un fantôme effrayant, vu toutes les qualités qu'on
exige dans le peintre, paraît considérablement
moins difficile en Italie, lorsqu'on observe toutes
les différentes manières des grands maîtres, et
même les défauts ou l'absence de beautés qu'on
leur pardonnait; il semble qu'on aurait pu être
quelqu'un de ces maîtres, chacun suivant son in-
clination. Si je ne puis être un Guide, dirait-on,
je pourrais du moins être un Caravage, ou enfin
un Valentin. Si l'on n'exigeait pas un coloris
plus précieux que souvent on en voit dans les
maîtres les plus estimés, je pourrais me livrer
tout entier à l'étude du dessin; mais si je suis un
Daniel de Volterre, on dira que j'ignore ce que
c'est que de peindre; un Pietre de Cortone, on
me querellera sur mes licences; un P. Veronese,
on s'écriera que je ne sais pas dessiner. Appre-
nons donc tous, sauf à ne savoir de tout qu'un
peu. Je le répète, il ne sert de rien de crier contre son siècle, il faut se soumettre et faire le moins
mal qu'on pourra.

Il est encore beaucoup d'autres maîtres sur
lesquels je ne m'arrêterai point, pour ne pas être
trop long, et aussi parce que l'habitude de scru-
ter sévèrement les premiers maîtres de l'art,
vous éclairera sur l'appréciation des beautés et
des défauts des autres.

Vous admirerez souvent *Lanfranco* et sa hardiesse grande, mais strapassée; *Carlo Maratti*,
grand et large, mais aussi quelquefois mou et

trop incertain dans ses formes ; vous pourrez tirer le plus grand avantage des Carrache, en ne
vous attachant cependant pas à leur coloris. On
voudra vous faire admirer des *Schidone;* mais en
les louant vous remarquerez que ses ouvrages
sont beaucoup trop maniérés; vous serez effrayé
de la fierté, du grand, du sublime, mêlé de quelque chose de barbare, que vous trouverez quelquefois dans *Salvator Rosa;* vous regarderez surtout avec la plus grande attention la beauté fine
des teintes du Titien, et vous en copierez quelques-uns, s'il vous est possible : vous ne cher-
cherez cependant pas à l'imiter avec excès à l'é-
gard de cette lumière universelle qui règne souvent dans les chairs de ses figures de Vénus ou
de Danaé, où il n'y a presque point d'ombres
qui fassent tourner les objets ; vous remettrez à
bien sentir la magie étonnante de ce maître, que
vous puissiez voir à Venise son tableau de saint
Pierre martyr, et plusieurs autres non moins dignes d'admiration ; vous attendrez aussi à accorder au Tintoret l'estime qui lui est due, que vous
ayez connu la *Schola di san Rocco*, aussi à Venise, car la plupart des tableaux qu'on trouve
de ce maître dans les palais de Rome, sont médiocres ou même mauvais. Il en est presque de
même de *P. Veronese*, dont on ne connaît bien
les talens qu'à Venise, soit à Saint-Sébastien,
soit à Saint-Zacharie, soit à *San Giorgio Ma-
giore*. Il faut cependant bien examiner ceux en
petit nombre, qui sont à Rome, pour ne point se
refroidir sur la couleur, par la vue de tant de

maîtres qui n'ont point connu cette partie.

Vous remarquerez aussi avec beaucoup d'attention, quelques Rubens qui sont dans divers palais. Ce maître, en Italie, n'avait point encore osé se livrer à tout son enthousiasme, ni à ce que l'on appelle sa manière forte. Il est plus gris, et n'en est que plus fin et plus précieux. Quels beaux tons dans ce prétendu gris ! Il sera bon de consulter à Naples *l'Espagnoletto*; on y voit de lui des choses qui sont d'un dessin sûr et du coloris le plus fier et le plus beau. Un autre maître excellent encore, moins connu à Rome, mais dont vous aurez vu des ouvrages dans d'autres villes d'Italie, c'est le *Preti Genovese*, surnommé *il Capucino*. Ce coloriste est d'une hardiesse qui va jusqu'à la témérité. Il emploie les couleurs les plus tranchantes, les rouges les plus vifs à côté des bleus les plus entiers et des jaunes les plus décidés, et cependant ses tableaux sont d'accord. En les considérant avec attention, vous apercevrez que cet accord ne provient que de la magie des ombres. Ses tons de chair sont d'une hardiesse et d'une fraîcheur singulière: vous verrez cependant que ce ne sont point des tons factices et hors de la nature. comme dans le *Barocci*, mais des tons vraiment pris chez elle, et seulement portés un peu plus haut qu'elle ne les présente. S'il est possible que ce coloriste soit nuisible à quelqu'un qui pencherait vers une manière outrée, il serait très utile à quiconque inclinerait trop au gris.

# TROISIÈME LETTRE.

Je vous ai promis des observations sur les diverses manières de composer de quelques grands maîtres. Vous remarquerez chez les trois Carrache, et chez quelques autres, qu'ils aimaient à composer des figures en petit nombre et grandes dans le tableau ; qu'ils les pressent et les amoncèlent en quelque manière, ce qui les rend très groupées, et s'entre-soutenant les unes les autres: il semble même qu'ils aient cherché, pour augmenter ce resserrement, à y employer de fréquens raccourcis, qui en effet font tenir plus de choses dans un petit espace.

J'avoue que cette manière riche, et qui a quelque chose de grand, m'a toujours beaucoup séduit ; cependant je ne disconviens pas qu'elle est peu usitée en France. Lorsque quelqu'un la hasarde, les artistes en sentent le mérite et lui donnent des éloges; mais les critiques disent qu'il n'y a pas d'air entre les groupes. Les raccourcis d'ailleurs ne plaisent guère au commun des hommes; ils ont peine à les concevoir. C'est cependant une beauté dans l'art, puisqu'enfin la difficulté surmontée y doit être comptée pour quelque chose. Le caractère mâle de cette façon de composer est senti de toutes les personnes qui ont vu l'Italie, et qui ont étudié les arts; mais le public en général, qui ne connaît pas cette difficulté, la compte pour rien.

Ces maîtres n'ont cependant pas toujours suivi cette méthode, mais toutes les fois que le lieu l'a pu permettre; et, en général, leurs compositions sont toujours fort remplies. Celles de Raphaël sont moins resserrées, surtout dans les grands morceaux, comme l'école d'Athènes; mais lorsqu'il a eu peu d'espace, il s'est servi avantageusement des raccourcis. Ses ordonnances ne sont pas toujours richement enchaînées. Dans l'Héliodore battu de verges, il reste un vide peu agréable entre le groupe d'Héliodore et celui du Pape à genoux; mais la Dispute du Saint-Sacrement, et la plupart de ses grands morceaux, sont bien liés. C'est donc un des plus excellens modèles pour la composition et la distribution des figures et des groupes, mais non pas toujours pour les moyens de grouper les lumières et les ombres, de manière à produire beaucoup d'effet.

Pareillement le Poussin a composé des figures du plus beau choix; elles sont liées à quelques égards, c'est-à-dire, que les groupes ne se séparent pas entièrement; mais elles laissent beaucoup de trous qui s'opposent à ce que les masses de lumières et d'ombres y soient grandes et soutenues; il serait difficile d'en tirer un autre effet que celui qu'il y a donné, qui, à la vérité, est vrai, mais qui n'a pas cette magie et cet imposant qu'on trouve chez Rubens et chez les autres coloristes ; c'est l'effet ingrat des compositions qui n'ont pas été disposées pour cette destination et envisagées sous cet aspect.

Les Vénitiens, en général, composent supérieurement, et surtout le Titien. *P. Veronèse* et beaucoup d'autres aiment assez à placer leur horizon bas pour avoir du jeu dans leurs compositions, par la variété de grandeur des figures, celles de devant étant toujours dominantes. Il faut pourtant, dans quelques cas, excepter le *Tintoretto*, qui a fait usage d'horizons élevés, ainsi que le *Bassano*; mais ni l'un ni l'autre ne sont des exemples à suivre à cet égard. Les compositions du *Tintoretto* ont souvent quelque chose d'extravagant, par l'excès de mouvement; et celles du *Bassano*, malgré une sorte d'enchaînement qu'il y a observé, sont presque toujours les mêmes, et avec la même disposition de groupes.

Le plus beau génie, ce me semble, pour le mouvement, la disposition et l'enchaînement des groupes, a été *Pietre de Cortone*. Vous jugerez de son excellence à cet égard dans sa galerie d'Énée. *Ciro Ferri*, son élève, l'a bien suivi dans cette partie. *Luca Giordano*, le *Ricci* et *Solimeni* ont aussi conçu de très belles machines de composition. Il faut observer tous les maîtres et se meubler le génie de leurs divers agencemens.

Je ne veux pas omettre un genre de composition singulier, si toutefois on peut appeler composition une disposition de figures et de groupes
si simple, si naturelle, et qui paraît si dénuée
d'art, qu'on en trouverait de pareilles dans
quelque lieu où le hasard fît entrer. Telles sont
plusieurs des compositions du *Barocci*. Souvent
les principales figures sont au fond du tableau;
et le devant est vide; d'autres fois elles sont dis-
persées au hasard et sans beaucoup de liaison;
néanmoins cette manière a des beautés, ne fût-
ce que d'avoir l'air d'être très naturelle et sans
artifice.

On ne peut cependant pas la donner pour
exemple; mais comme ces tableaux sont beaux
et très estimés, on en peut inférer que quoique
le génie dans la composition soit une partie de
l'art très estimable, néanmoins si l'on ne se trouve pas avoir cette facilité d'invention, on doit
s'en consoler, parce que, de quelque façon que
des figures ou des groupes soient ordonnés dans
un tableau c'est l'exécution qui décide principa-
lement si c'est une belle chose ou un ovrage médiocre. Si des figures bien ou mal groupées
sont bien dessinées et bien peintes, il en résulte
un beau morceau. Combien ne voyons-nous pas
de beaux tableaux, dont la composition est peu
ingénieuse et même froide.

Le Guide a fait quantité de tableaux où les figures sont arrangées symétriquement, qui n'en
sont pas moins admirables; il est vrai qu'on ne

peut pas pour cela les taxer de froideur, et que la souplesse et les grâces y donnent tout le feu dont elles sont susceptibles.

Je ne dirai qu'un mot des plafonds ; c'est dans l'Italie où l'on a le plus traité ce grand genre ; il y en a quantité, et de très beaux. J'oserai cependant avancer que dans ce nombre, il y en a très peu qui, comme celui du Corrège à Parme, soient vraiment composés de plafonds. La plupart feraient mieux leur effet perspectif, s'ils étaient redressés contre un mur, et seulement placés au-dessus de la vue : il est vrai que si l'on voulait s'assujettir à la vraie perspective de ces objets, si fort vus en dessous, la composition des plafonds serait ce qu'il y aurait de plus difficile et de plus ingrat. Cependant si l'on ne s'y assujettit pas, il n'y a plus de vérité dans l'effet, et toutes les figures penchent en avant. Aussi crois-je qu'il y a très peu de sujets qu'il soit possible de bien traiter en plafonds ; il faut surtout qu'ils soient tels qu'on y puisse employer beaucoup de figures transversalement.

Je viens maintenant à divers genres d'études accessoires qu'il ne faut pas négliger. La nature en Italie est si belle et si pittoresque, qu'il faut profiter du séjour qu'on y fait pour y étudier diverses choses, le paysage et l'architecture entre autres. Je sais qu'il n'est pas besoin d'exciter les élèves à dessiner des vues, ils y sont assez naturellement portés. Mais je crois qu'il ne faut pas se borner à les dessiner au crayon, et qu'il

serait avantageux de porter toujours avec soi
quelques pastels, pour en rendre l'effet de couleur.

C'est une des choses les plus essentielles que
l'effet de la lumière et de la couleur, et c'est ce
dont un peintre a toujours le plus de besoin. Il
faut remarquer l'effet que font les objets à plusieurs momens du jour, et surtout du soir et du
matin; car ce sont ordinairement ces heures que
le peintre d'histoire est supposé représenter, et
l'on ne hasarde guère l'heure de midi, où l'éclat
de la lumière est trop vif et les ombres trop
courtes et trop tranchées. Il faut observer les
tons de couleur que prennent les lumières dans
ces différens momens, l'effet qu'y produisent les
ombres et où elles sont les plus fortes. J'aime-
rais mieux que votre étude de paysage ne fût
qu'un croquis informe, quant aux détails, mais
qu'elle eût son effet vrai de lumière et d'ombre.

Je voudrais aussi qu'on y apportât cette attention (ce qui se peut après avoir vu souvent la nature avec réflexion) d'observer les causes qui
produisent ces effets de couleur et ce qu'ils ont
de réel. Par exemple, lorsque la lumière est do-
rée, les ombres semblent avoir quelque chose de
bleuâtre; cependant si on les observe en elles-
mêmes, on voit que ce n'est pas qu'elles le soient
en effet, mais que c'est l'opposition du ton doré
de la lumière au gris de l'ombre.

C'est par ces soins que M. *Vernet* s'est rendu
la nature si familière. Il a toujours peint d'après

elle, malgré la difficulté qui se rencontre à porter avec soi ce qui est nécessaire, et à se placer de manière à pouvoir travailler tranquillement ; il a eu le courage de surmonter ces obstacles, et lorsqu'il n'avait pas le temps de faire un morceau coloré, il écrivait sur son dessin les tons de couleurs, et le plus ou le moins de chacune des couleurs qu'il aurait employé pour les imiter. Par ce moyen, en revoyant son dessin, il se souvenait de l'effet qu'il aurait donné au tableau.

Ces soins ne paraîtront peut-être pas aussi nécessaires à quelqu'un qui se destine à peindre l'histoire. N'est-ce point parce qu'un peu d'amour-propre aveugle souvent les peintres d'histoire, et leur fait penser que les études qu'ils ont faites des grandes parties de l'art, les dispensent d'étudier celles qui leur paraissent inférieures ? Ne seraient-ils pas quelquefois dans l'erreur de croire qu'un certain savoir du nu ( peut-être dans un degré médiocre) et une manière de faire un peu large, suffisent pour caractériser le peintre d'histoire? De là pourrait venir l'indulgence qu'ils semblent vouloir apporter à la médiocrité dans ce grand genre, et à l'ignorance de rendre les accessoires. Mais aussi combien de prétendus peintres d'histoire qui avaient quelque réputation dans le siècle dernier et dans le nôtre, sont restés dans le plus parfait oubli, tandis qu'on achète à grand prix les tableaux de *le Sueur*, de *la Hire* et de *Lemoine*, peintres qui avaient pris soin de s'instruire de toutes les parties de l'art.

J'observerai encore qu'en étudiant le paysage, il faut apporter de la réflexion et du raisonnement par rapport à ses formes. Il faut remarquer dans chaque espèce d'arbres, comment les branches s'élèvent; si elles naissent deux à deux ou successivement; quelle est la forme de ses masses ou bouquets; enfin la manière dont se terminent ses extrémités. Par exemple, le bouquet du chêne forme comme une sorte d'étoile élargie; ceux de l'orme sont alongés, et ses extrémités s'échappent en baguettes ornées de petites feuilles; le cyprès produit des bouquets à peu près carrés-longs en hauteur; le cèdre se termine comme des aigrettes, etc. Remarquez surtout les espèces d'arbres pittoresques que l'on trouve rarement dans notre pays, tels que les pins et les cyprès; observez-en la couleur de diverses distances. De toutes ces choses, il en faut faire des notes avec des croquis pour s'en pouvoir ressouvenir dans tous les temps, et ne jamais se fier à sa mémoire; les idées s'effacent bien facilement, si rien ne les fixe.

Je voudrais aussi (autant cependant que cela se pourrait) qu'on conservât des croquis des différentes coiffures des paysannes d'Italie. Comme la nature n'a pas été altérée par l'art dans ce pays autant que dans le nôtre, il y en a d'assez naturelles pour pouvoir figurer dans un tableau d'histoire; et vous pourrez remarquer que ces belles coiffures, dont le Dominiquin s'est servi, et que nous copions avec tant de soin dans ses ouvrages, sont pour la plupart encore en usage dans quelques cantons de l'Italie.

Je vous recommanderai encore fortement de ne laisser passer sous vos yeux aucun monument d'architecture antique, tombeaux, corniches, frises, chapiteaux, etc., soit dans les bas-reliefs, soit ailleurs, sans en prendre un croquis.

De cette étude, il résulte des détails qui portent un caractère d'instruction, dont les savans et les gens de lettres font grand cas, et qui attirent une estime particulière à l'artiste qui s'est donné ces soins. Il ne serait pas surprenant qu'un homme ordinaire prît peu d'intérêt à des fragmens qu'on voit épars, négligés, et en quelque sorte méprisés; mais un peintre attentif ne néglige rien : on pourrait s'excuser sur ce que l'on compte trouver tout cela dans des livres ; et en effet plusieurs en vous voyant faire, vous diront : vous êtes bien bon de vous donner cette peine, tout cela est gravé; mais l'instruction qu'on a prise soi-même reste bien davantage. D'ailleurs, il arrive dans la suite ou qu'on néglige d'acheter ces livres, ou que la manière peu exacte et sans goût avec laquelle ces objets y sont rendus en dégoûte.

De plus, l'architecture antique porte un caractère tout différent de celle dont les modernes font usage. Les chapiteaux antiques sont d'une forme différente, plus courts et plus évasés; leurs ornemens sont nobles, simples et variés: à la vérité, depuis quelques années nos architectes cherchent à les imiter; mais ils y ajoutent pres-

que inévitablement quelque chose du goût français, qui les éloigne du caractère antique. Or,
c'est un vrai mérite dans un tableau qui repré-
sente un sujet de l'histoire ancienne, que d'y
trouver un certain style antique qui nous soit
étranger, et qui nous transporte en quelque manière dans ces siècles et dans ces pays. Le Poussin n'a pas négligé cette étude, et l'on retrouve
encore de lui quantité de feuilles volantes, où il
avait dessiné avec la plus grande exactitude tout
ce qu'il avait trouvé à cet égard dans les bas-reliefs
et ailleurs.

Il reste maintenant à réfléchir sur quelques
écueils qui ont été la perte d'un nombre d'élèves
à qui l'étude de l'Italie n'a point profité autant
qu'on avait droit de l'attendre de leurs disposi-
tions. Le premier, c'est cette paresse et cet amour
du *benedetto far niente*, dont les Italiens font
tant de cas, qu'il leur paraît la vraie félicité. Les
chaleurs sont grandes à Rome ; il est certain que
dans l'été on ne se sent pas autant de courage
pour travailler que dans les pays plus tempérés.
L'excès de travail même pourrait altérer la santé.
Mais on en abuse, on se dit qu'on est *tutto shi-
roco*, qu'on n'est pas en train, qu'on ne fera rien
qui vaille, et autres choses semblables, qui fa-
vorisent la négligence ; loin d'écouter cette sorte
de découragement, il faut se mettre fortement
dans l'esprit qu'on ne doit passer aucun jour sans
avoir travaillé, *nulla dies sine linea*. Il vaut
mieux avoir mal fait que de n'avoir rien fait. Cette
malheureuse habitude d'attendre qu'on se sente

bien disposé au travail , s'enracine , et devient une source d'ignorance et de malheur pour le reste de la vie; il n'y en a que trop d'exemples.

Un autre écueil plus dangereux , car il vaudrait mieux n'avoir pas fait de chemin que d'avoir pris une fausse route , c'est cette admiration de jeunes gens qu'on prend pour des choses que peut-être on méprisera dans la suite, et qui, le plus souvent, ne sont que manière. Plus instruit nous verrions que ces manières n'ont d'autre mérite que de n'être pas la nôtre, et de nous étonner par une sorte de nouveauté. Peu avant mon voyage de Rome, M. H * * * , pensionnaire, parce qu'il avait une manière de dessiner fort propre , excessivement coulante et plus agréable que savante, devint l'objet de l'imitation de tous les pensionnaires; après lui M. *le Lorrain* ( celui qui est mort en Russie ) eut cette même gloire. Il peignait très proprement, avait grand soin de mettre les lumières sur le bord des contours pour les bien nettoyer de dessus leurs fonds, n'oubliait pas un petit coup de blanc bien luisant sur les rondeurs : ajoutez à cela qu'il faisait les cous de ses figures très alongés, les cheveux volans, quoique jamais les cheveux ne volent qu'au vent le plus violent; de plus des figures excessivement longues, ce que l'on appelait élégance, et des contours d'un coulant général et sans articulation, ce que l'on nommait faire la flamme. Voilà quels étaient les objets du nouveau culte que rendaient les pensionnaires à quelques-uns de leurs camarades. Ils ne voyaient pas que c'était la charge en ridi-

cule de l'antique, et de quelques-uns des défauts
qu'on pourrait reprocher à certains grands maîtres. Depuis quelques années un homme célèbre,
et en effet doué de talens distingués, mais qu'il
faut savoir bien apercevoir, a nui, sans s'en dou-
ter, à plusieurs pensionnaires. Je parle du célèbre
M. *Mengs.* Je rends toute la justice due à ses talens; mais je n'en affirme pas moins sur quelques-uns de ses ouvrages que j'ai vus, que son
coloris paré et sa manière excessivement finie et
exacte jusqu'à la servilité, peuvent être, et ont
été pernicieux à nos élèves (1).

En effet, depuis plusieurs années, nous voyons
des élèves qui étaient pleins de chaleur en partant,
revenir entièrement refroidis; dessinant d'une
manière petite, sèche et maigre; au lieu d'un
coloris intelligent, n'employer plus que des
tons plutôt verts que verdâtres, bleus, violets,
aurore; enfin, des tons maniérés prétendus beaux,
mais absolument faux : d'autres à qui l'on a per-
suadé, et peut-être M. *Mengs* lui-même, qu'il ne
fallait plus étudier que Raphaël, et qui apparem-
ment ont négligé de voir bien d'autres beautés
qui sont dans les autres maîtres; de là quelques-
uns nous exposent des tableaux qu'ils croient des
imitations de Raphaël, mais qui tiennent plutôt
du goût gothique qui régnait cent ans avant lui,
ou tout au plus de celui de ce maître, lorsqu'il
était encore sous la férule de *Pietro Perrugino.*

---

(1) Cochin aurait pu citer Mignard comme un exemple non
moins dangereux d'un fini poussé trop loin.

Je regarderais ces élèves comme perdus sans ressources, si l'expérience ne m'avait fait connaître qu'on n'oublie jamais entièrement ce que l'on a su. Ainsi il y a tout lieu d'espérer qu'en déférant aux conseils des artistes éclairés qui les affectionnent, ils peuvent revenir au moins au point où ils étaient lorsqu'ils se sont égarés; mais à la vérité ce ne peut être qu'avec de grands efforts. Ce malheur est d'autant plus triste, qu'il ne tombe que sur ceux qui sont vertueux et laborieux, qui travaillent avec réflexion, mais qui, se trompant dans leurs raisonnemens, se donnent une peine inexprimable pour oublier ce qu'ils savaient. Comment ne les pas regretter?

Peut-être ces manières à la glace, pesantes et sans esprit, trouveraient-elles des approbateurs en Allemagne et en Angleterre, où l'on ne donne un prix considérable des dessins qu'autant qu'ils sont finis comme des ouvrages de religieuses; qu'à force de travailler on n'y aperçoit plus le grain du papier, et qu'ils sont surchargés d'une infinité de petites hachures dans tous les sens possibles. N'a-t-on pas vu en Allemagne les dessins et les pastels de Liotard avoir du succès? Et ne voyons-nous pas en Angleterre admirer des dessinateurs de cette espèce? Cette contagion a gagné presque toute l'Europe, parce qu'elle venait d'Italie, tant est porté à l'excès le respect que les nations les plus éclairées conservent à celle qui s'est la première rendue célèbre dans les Arts. Ses erreurs mêmes semblent sacrées; on n'ose les relever; c'est presque une impiété que de dire,

même en tremblant, que ces mêmes Italiens dé-
générés, ne doivent plus être l'exemple de l'u-
nivers. Ne nous laissons cependant pas aveugler
par cette superstition; opposons-nous à ce qu'elle
a de dangereux. Puissions-nous en défendre la
France, aussi bien que des méthodes factices de
coloris que quelques-uns de nos modernes tâchent
de mettre en vogue.

Qui ne voit que cette mauvaise manière de
dessiner a perdu l'école italienne? *Pompeio Battoni*, et plusieurs autres, l'ont malheureusement
adoptée. Je ne connais point de dessins de M.
*Mengs*, mais je soupçonne qu'ils en tiennent
beaucoup; et de quelques rares talens que ces
artistes aient pu la décorer elle est toujours dan-
gereuse.

En effet, outre qu'elle est mesquine et refroi-
dissante, il est évident qu'elle ne peut que re-
tarder beaucoup les progrès des élèves; elle ne
leur donne que très lentement les moyens d'apprendre à faire du beau; c'est presque tout ce
qu'ils peuvent en espérer que d'arriver à faire du
fini. N'est-il pas visible qu'un pauvre Italien qui
aura passé un mois à dessiner l'Hercule avec ce
beau petit crayon, pendant tout ce temps ne l'a
dessiné qu'une fois; qu'il n'en a vu durant cet
intervalle, les contours et les muscles que sous
un aspect, et que la plus grande partie de ce
temps ne lui a servi qu'à apprendre à manier du
crayon proprement et sans hardiesse: genre de
mérite pitoyable! au lieu qu'un Français, dans
le même intervalle, aurait dessiné douze fois cette

figure, et sous douze aspects différens. Quelles connaissances n'aurait-il pas acquises de plus.

Était-ce ainsi que dessinaient les Carrache, les Guide, les Guerchin, Raphaël lui-même, et le Dominiquin, dont cependant quelques tableaux peuvent être regardés comme d'un fini un peu excessif, et au moins superflu? N'ont-ils pas dessiné largement et facilement? *Carlo Maratti*, qu'on a appelé le dernier des Romains, et Solimeni, ont-ils dessiné avec cette manière mesquine et servile? Non sans doute; aussi ils ont peint d'une manière large. Quoique admirateurs du grand Raphaël, il ne l'ont point imité dans cette manière de peindre par hachures qu'on voit dans quelques-uns de ses ouvrages. Examinez les tableaux des maîtres dont on admire le pinceau moelleux, agréable et facile, et ne prenez des autres que leur grand, leur correction, autant qu'il vous sera possible, et toujours en cherchant à les rapprocher de la nature (1).

Mettez-vous bien dans l'esprit qu'on ne vous envoie point en Italie pour étudier les peintres modernes. Quelque mérite qu'on veuille leur accorder, ils sont toujours fort au-dessous des grands hommes qui les ont précédés; c'est cette grande et ancienne école d'Italie qu'il est question d'étudier solidement et avec réflexion.

---

(1) Léonard de Vinci peut être cité comme modèle dans le degré qu'il a donné au fini. Voir son tableau de Sainte Anne, et son portrait de Lisa Joconda. David avait aussi un tact parfait sur le degré de fini à donner à l'objet représenté.

Au reste, ayez une confiance honnête en vos propres lumières, et ne les sacrifiez aux opinions de ceux qui vous entourent, que lorsque vous en verrez l'évidence ; on ne tire aucun parti des conseils dont on ne sent pas la vérité par soi-même ; souvent même ils nuisent pour avoir été entendus et saisis avec excès. Copiez ou étudiez tout ce qui vous paraîtra beau après un examen réfléchi ; que cet examen ne soit cependant pas si sévère qu'il vous fasse rejeter les choses faites avec goût qui n'auraient pas toute la correction désirable. Le goût est une partie très intéressante dans nos arts, qui fait pardonner bien des libertés, et quelquefois les change en beautés. Observez non seulement ce qui vous paraîtra beau, mais encore ce qu'il y a de défectueux, même chez les maîtres les plus respectés ; ayez le courage de l'apercevoir, et apportez une extrême attention à éviter que leurs beautés ne vous entraînent jusqu'à aimer leurs défauts. Il pourrait arriver que vous n'atteindriez pas aux unes et que vous ne saisiriez que trop aisément les autres. Ce n'est pas ici l'objet d'un culte aveugle, c'est une affaire de raisonnement et de goût. *Raphaël*, *Michel-Ange* et les autres, sont de grands hommes ; mais ce sont des hommes, ils ont pu errer, et nous n'aurions peut-être pas, comme eux, de quoi nous faire pardonner nos erreurs·

*A cette Notice est jointe une Vignette exécutée d'après un dessin autographe de Cochin, provenant de la collection de M. Gault de Saint-Germain.*